달님 안녕

W9-BJB-505

Hollym
희림출판사

밤이 되었네.

봐요.

하늘이 깜깜해졌어요.

어?

지붕 위가 환해지네.

야아 !

달님이 떴어요.

달님, 안녕?

구름 아저씨 !

안 돼요.

나오면 안 돼요.

달님이 우니까요.

구름 아저씨,

비켜 주세요 !

달님 얼굴이 안 보여요.

미안 미안.

달님과 잠깐 이야기 했지.

그럼 안녕!

또 만나요.

아, 나왔네!
달님이 웃고 있네.
달님, 안녕?
안녕하세요.

하야시 아키코

일본 동경에서 태어나 요코하마 국립대학 교육학부 미술과를 졸업하고 월간으로 발행되는 〈엄마의 친구〉 등에 컷을 그리면서 그림책에 관한 공부를 시작했다. 「오늘은 무슨 날?」로 제2회 그림책 일본상을 수상하였으며, 「목욕은 즐거워」로 산케이 아동출판문화상 미술상을, 「은지와 푹신이」로 제21회 고단샤 출판문화상을 수상하였다. 현재 가루이자와의 야조의 숲 근처에서 살고 있다.

한림출판사에서 발행한 하야시 아키코의 작품

〈구두 구두 걸어라〉 〈나도 갈래〉 〈나도 캠핑갈 수 있어!〉
〈달님 안녕〉 〈목욕은 즐거워〉 〈바지야 같이가!〉
〈병원에 입원한 내동생〉 〈순이와 어린 동생〉 〈손이 나왔네〉
〈숲 속의 나뭇잎집〉 〈숲 속의 요술물감〉 〈숲 속의 숨바꼭질〉
〈싹싹싹〉 〈이슬이의 첫 심부름〉 〈오늘은 무슨 날?〉
〈우리 친구하자〉 〈오늘은 소풍가는 날〉 〈은지와 푹신이〉
〈안녕하세요 산타할아버지〉 〈윙윙 실팽이가 돌아가면〉 〈열까지 셀 줄 아는 아기염소〉
〈크리스마스 딸기 케이크〉

달님 안녕

제1판 1쇄 발행 1988년 9월 10일 · 제2판 1쇄 발행 1994년 1월 25일
제2판 26쇄 발행 2005년 2월 20일
글 하야시 아키코   그 림 하야시 아키코
펴낸이 함기만   펴낸곳 (주)한림출판사
등 록 1963년 1월 18일 제1-443호
주 소 (110-111) 서울특별시 종로구 관철동 13-13 종로코아
전 화 (02)735-7552~4   팩 스 (02)730-8192, 5149
인 쇄 삼성인쇄(주)
이메일 info@hollym.co.kr   홈페이지 www.hollym.co.kr
Originally published by Fukuinkan Shoten, Publishers, Inc., Tokyo, Japan in 1986.
Text & Illustrations ⓒ 1986 by Akiko Hayashi
Korean Translation Copyright ⓒ 1988 by Hollym Corporation; Publisher
ISBN 89-7094-056-1 77890

달맞이 달 마 다 받 아 보 는 그 림 책
www.dalmaji.net